KB023773

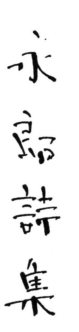

永晶詩集

영랑시집

김영랑 지음

더스토리

차례

II

영랑시집

I

동백잎에 빛나는 마음

내 마음의 어딘 듯 한편에 끝없는
강물이 흐르네
돋쳐 오르는 아침 날빛이 빤질한
은결을 도도네
가슴엔 듯 눈엔 듯 또 핏줄엔 듯
마음이 도른도른 숨어 있는 곳
내 마음의 어딘 듯 한편에 끝없는
강물이 흐르네

돌담에 소색이는* 햇발같이

돌담에 소색이는 햇발같이
풀 아래 웃음 짓는 샘물같이
내 마음 고요히 고운 봄 길 위에
오늘 하루 하늘을 우러르고 싶다

새악시 볼에 떠오는 부끄럼같이
시의 가슴을 살포시 젖는 물결같이
보드레한 에메랄드 얇게 흐르는
실비단 하늘을 바라보고 싶다

* 소색이는 : 널리 알려진 제목은 〈돌담에 속삭이는 햇발같이〉인데, '소색이다'란
단어가 '속삭이다'의 뜻과 전라도 방언으로 '귀엽게 추근거리다, 밉지 않게 충돌질
하다'의 의미도 가지고 있어 '소색이는'의 형태 그대로 살려 실었다

어덕*에 바로 누워

어덕에 바로 누워
아슬한 푸른 하늘 뜻 없이 바라다가
나는 잊었습네 눈물도는 노래를
그 하늘 아슬하여 너무도 아슬하여

이 몸이 서러운 줄 어덕이야 아시련만
마음의 가는 웃음 한때라도 없더라냐
아슬한 하늘 아래 귀여운 맘 즐거운 맘
내 눈은 감기였대 감기였대

* 어덕 : '언덕'의 방언

뉘 눈결에 쏘이었소

뉘 눈결에 쏘이었소
온통 수줍어진 저 하늘빛
담 안에 복숭아꽃이 붉고
밖에 봄은 벌써 재앙스럽소

꾀꼬리 단 둘이 단 둘이로다
빈 골짝도 부끄러워
혼란스런 노래로 흰 구름 피어올리나
그 속에 든 꿈이 더 재앙스럽소

누이 마음아 나를 보아라

"오─메 단풍 들겄네"
장광에 골 붉은 감잎 날러와
누이는 놀란 듯이 쳐다보며
"오─메 단풍 들겄네"

추석이 내일 모레 기둘리니
바람이 잦아서 걱정이리
누이의 마음아 나를 보아라
"오─메 단풍 들겄네"

바람이 부는 대로

"바람이 부는 대로 찾아 가오리"
흘린 듯 기약하신 님이시기로
행여나! 행여나! 귀를 종금이
어리석다 하심은 너무로구려

문풍지 설움에 몸이 저리어
내리는 함박눈 가슴 해어져
헛보람! 헛보람! 몰랐으련만
나더러 어리석단 너무로구려

눈물에 실려 가면

눈물에 실려 가면 산길로 칠십 리(里)
돌아보니 찬바람 무덤에 몰리네
서울이 천 리(里)로다 멀기도 하련만
눈물에 실려 가면 한 걸음 한 걸음

뱃장 위에 부은 발 쉬일까 보다
달빛으로 눈물을 말릴까 보다
고요한 바다 위로 노래가 떠간다
설움도 부끄러워 노래가 노래가

쓸쓸한 뫼* 앞에

쓸쓸한 뫼 앞에 호젓이 앉으면
마음은 갈앉은 양금줄같이
무덤의 잔디에 얼굴을 부비면
넋 이는 향 맑은 구슬 손 같이
산골로 가노라 산골로 가노라
무덤이 그리워 산골로 가노라

* 뫼 : 묘(墓)

꿈 밭에 봄 마음

굽어진 돌담을 돌아서 돌아서
달이 흐른다 놀이 흐른다
하이얀 그림자
은실을 즈르르 몰아서
꿈 밭에 봄 마음 가고 가고 또 간다

님 두시고 가는 길의

님 두시고 가는 길의 애끈한 마음이여
한숨 쉬면 꺼질 듯한 조매로운 꿈길이여
이 밤은 캄캄한 어느 뉘 시골인가
이슬같이 고인 눈물을 손끝으로 깨치나니

허리띠 매는 시악시

허리띠 매는 시악시 마음실같이
꽃가지에 오는 한 그늘이 지면
흰 날의 내 가슴 아지랑이 낀다
흰 날의 내 가슴 아지랑이 낀다

풀 위에 매적지는

풀 위에 매적지는 이슬을 본다
눈썹에 아롱지는 눈물을 본다
풀 위엔 정기가 꿈같이 오르고
가슴은 간곡히 입을 벌린다

좁은 길가에 무덤이 하나

좁은 길가에 무덤이 하나
이슬에 젖이우며 밤을 새인다
나는 사라져 저 별이 되오리
뫼 아래 누워서 희미한 별을

밤사람 그립고야

밤사람 그립고야

말없이 걸어가는 밤사람 그립고야

보름 넘은 달그림에 마음아이 서어로아

오랜 밤을 나도 혼자 밤사람 그립고야

숲 향기 숨길을 가로막았소

숲 향기 숨길을 가로막았소
발끝에 구슬이 깨이어지고
달 따라 들길을 걸어다니다
하룻밤 여름을 새워버렸소

저녁때 저녁때

저녁때 저녁때 외로운 마음
붙잡지 못하여 걸어다님을
누구라 불어주신 바람이기로
눈물을 눈물을 빼앗아가오

무너진 성터

무너진 성터에 바람이 세나니
가을은 쓸쓸한 맛뿐이구료
힐끗힐끗 산국화 나부끼면서
가을은 애닲다 소색이느뇨

산골을 놀이터로

산골을 놀이터로 커난 시악시
가슴속은 구슬같이 맑으련마는
바라뵈는 먼 곳이 그리움인지
동우* 인 채 산길에 섰기도 하네

* 동우 : '동이'의 방언

그 색시 서럽다

그 색시 서럽다 그 얼굴 그 동자가
가을 하늘가에 도는 바람 섞인 구름조각
핼쑥하고 서느라워 어데로 떠갔으랴
그 색시 서럽다 옛날의 옛날의

바람에 나부끼는 깔잎

바람에 나부끼는 깔잎

여울에 희롱하는 깔잎

알 만 모를 만 숨쉬고 눈물 맺은

내 청춘의 어느 날 서러운 손짓이여

빨은 가슴을 훤히 벗고

빨은 가슴을 훤히 벗고
개풀 수줍어 고개 숙이네
한낮에 배란 놈이 저가슴 만졌고나
빨건 맨발로는 나도 자꾸 간지럽구나

다정히도 불어오는

다정히도 불어오는 바람이길래
내 숨결 가볍게 실어 보냈지
하늘갓*을 스치고 휘도는 바람
어이면 한숨만 몰아다 주오

* 하늘갓 : 하늘가, 하늘의 끝

떠날러가는 마음의

떠날러가는 마음의 포렴한* 길을
꿈이런가 눈감고 헤아리려니
가슴에 선뜻 빛깔이 돌아
생각을 끊으며 눈물 고이며

* 포렴한 : '파르스름한'의 방언

그밖에 더 아실 이

그밖에 더 아실 이 안 계실거나
그 이의 젖은 옷깃 눈물이라고
빛나는 별 아래 애닲은 입김이
이슬로 맺히고 맺히었음을

뵈지도 않는 입김의

뵈지도 않는 입김의 가는 실마리
새파란 하늘 끝에 오름과 같이
대숲의 숨은 마음 기여 찾으려
삶은 오로지 바늘끝같이

사랑은 깊으기 푸른 하늘

사랑을 깊으기 푸른 하늘
맹세는 가볍기 흰 구름 쪽
그 구름 사라진다 서럽지는 않으나
그 하늘 큰 조화 못 믿지는 않으나

미움이란 말 속에

미움이란 말 속에 보기 싫은 아픔
미움이란 말 속에 하잔한 뉘우침
그러나 그 말씀 씹히고 씹힐 때
한 꺼풀 넘치어 흐르는 눈물

눈물 속 빛나는 보람과

눈물 속 빛나는 보람과 웃음 속 어둔 슬픔은
오직 가을 하늘에 떠도는 구름
다만 호젓하고 줄 데 없는 마음만은 예나 이제나
외로운 밤 바람 섞인 찬 별을 보았습니다

밤이면 고총 아래

밤이면 고총 아래 고개 숙이고
낮이면 하늘 보고 웃음 좀 웃고
너른 들 쓸쓸하여 외로운 할미꽃
아무도 몰래 지는 새벽 지친 별

빈 포케트에 손 찌르고

빈 포케트에 손 찌르고 풀 베를레-느 찾는 날
온몸은 흐렁흐렁 눈물도 찔끔 나누나
오! 비가 이리 쫄쫄쫄 내리는 날은
설운 소리 한 천 마대 썼으면 싶어라

저 곡조만 마저

제 곡조만 마저 호동글 사라지면
목 속의 구슬을 물속에 버리려니
해와 같이 떴다 지는 구름 속 종달은
내일 또 새로운 섬 새 구슬 머금고 오리

향내 없다고

향내 없다고 버리실라면
내 목숨 꺾지나 마시오
외로운 들꽃은 들가에 시들어
철없는 그이의 발끝에 좋을걸

어덕에 누워

어덕에 누워 바다를 보면
빛나는 잔물결 헤일 수 없지만
눈만 감으면 떠오는 얼굴
뵈올 적마다 꼭 한 분이구려

푸른 향물 흘러버린

푸른 향물 흘러버린 어덕 위에
내 마음 하루살이 나래로다
보실보실 가을 눈(眼)이 그 나래를 치며
허공의 소색임을 들으라 한다

빠른 철로에 조는 손님아

빠른 철로에 조는 손님아
이 시골 이 정거장 행여 잊을라
한가하고 그립고 쓸쓸한 시골 사람의
드나드는 이 정거장 행여 잊을라

생각하면 부끄러운 일이여라

생각하면 부끄러운 일이여라
석가나 예수같이 큰일을 하리라고
내 가슴에 불덩이가 타오르든 때
학생이란 피로 쌓인 부끄러운 때

온몸을 감도는

온몸을 감도는 붉은 핏줄이
꼭 감긴 눈 속에 뭉치어 있네
날낸 소리 한 마디 날낸 칼 하나
그 핏줄 딱 끊어버릴 수 없나

제야(除夜)

제운 밤 촛불이 찌르르 녹아버린다
못 견디게 무거운 어느 별이 떨어지는가

어득한 골목골목에 수심은 떴다 가라앉았다
제운 맘 이 한밤이 모질기도 하온가

희뿌연 종이등불 수줍은 걸음걸이
샘물 정히 떠붓는 안쓰러운 마음결

한해라 그리운 정을 묽고* 쌓아 흰 그릇에
그대는 이 밤이라 맑으라 비사이다(除夜)

* 묽고 : 모으고

하늘갓 닿는 데

내 옛날 온 꿈이 모조리 실리어 간
하늘갓 닿는 데 기쁨이 사신가

고요히 사라지는 구름을 바라자
헛되나 마음 가는 그곳뿐이라

눈물을 삼키며 기쁨을 찾노란다
허공은 저리도 한없이 푸르름을

엎드려 눈물로 땅 위에 새기자
하늘갓 닿는 데 기쁨이 사신다

그대는 호령도 하실 만하다

창랑에 잠방거리는 섬들을 길러
그대는 탈도 없이 태연스럽다

마을을 휩쓸고 목숨 앗아간
간밤 풍랑도 가소롭구나

아침 날빛에 돛 높이 달고
청산아 보란 듯 떠나가는 배

바람은 차고 물결은 치고
그대는 호령도 하실 만하다

아파 누워 혼자 비노라

아파 누워 혼자 비노라
이대로 가진 못하느냐

비는 마음 그래도 거짓 있나
사잔 욕심 찾아도 보나
새삼스레 있을 리 없다
힘없고 느릿한 핏줄 하나

오! 그저 이슬같이
예사 고요히 지려무나
저기 은행잎은 떠날른다

가늘한 내음

내 가슴속에 가늘한 내음
애끈히 떠도는 내음
저녁해 고요히 지는 제
먼 산허리에 슬리는 보랏빛

오! 그 수심 뜬 보랏빛
내가 잃은 마음의 그림자
한 이틀 정열에 뚝뚝 떨어진 모란의
깃든 향취가 이 가슴 놓고 갔을 줄이야

얼결에 여윈 봄 흐르는 마음
헛되이 찾으려 허덕이는 날
뻘 위에 철석 갯물이 놓이듯
얼컥 이―는 후끈한 내음

아! 후끈한 내음 내키다마는
서어한 가슴에 그늘이 도나니
수심뜨고 애끈하고 고요하기
산허리에 슬리는 저녁 보랏빛

내 마음을 아실 이

내 마음을 아실 이
내 혼자 마음 날같이 아실 이
그래도 어데나 계실 것이면

내 마음에 때때로 어리우는 티끌과
속임 없는 눈물의 간곡한 방울방울
푸른 밤 고이 맺는 이슬 같은 보람을
보밴 듯 감추었다 내어드리지

아! 그립다
내 혼자 마음 날같이 아실 이
꿈에나 아득히 보이는가

향 맑은 옥돌에 불이 달아
사랑은 타기도 하오련만
불빛에 연기인 듯 희미론 마음은
사랑도 모르리 내 혼잣 마음은

시냇물 소리

바람 따라 가지오고 멀어지는 물소리
아주 바람같이 쉬는 적도 있었으면
흐름도 가득 찰랑 흐르다가
더러는 그림같이 머물렀다 흘러보지
밤도 산골 쓸쓸하이 이 한밤 쉬어가지
어느 뉘 꿈에 든 셈 소리 없든 못할쏘냐

새벽 잠결에 언뜻 들리어
내 무건 머리 선뜻 씻기우느니
황금 소반에 구슬이 굴렀다
오 그립고 향미론 소리야
물아 거기 좀 멈췄서라 나는 그윽히
처 창공의 은하만년을 헤아려 보노니

모란이 피기까지는

모란이 피기까지는

나는 아직 나의 봄을 기둘리고 있을 테요

모란이 뚝뚝 떨어져버린 날

나는 비로소 봄을 여읜 설움에 잠길 테요

오월 어느 날 그 하루 무덥던 날

떨어져 누운 꽃잎마저 시들어버리고는

천지에 모란은 자취도 없어지고

뻗쳐오르던 내 보람 서운케 무너졌느니

모란이 지고 말면 그 뿐 내 한 해는 다 가고 말아

삼백예순 날 하냥* 섭섭해 우옵내다

모란이 피기까지는

나는 아직 기둘리고 있을 테요 찬란한 슬픔의 봄을

* 하냥 : '늘'의 방언

불지암 서정(佛地菴 抒情)

    그 밤 가득한 산(山) 정기는 기척 없이 솟은 하얀 달빛에 모다 쓸리우고

    한낮을 향미로우라 울리든 시냇물 소리마저 멀고 그윽하여

    중향(衆香)의 맑은 돌에 맺은 금이슬 굴러 흐르듯

    아담한 꿈 하나 여승의 호젓한 품을 애끈히 사라졌느니

    천년 옛날 쫓기어 간 신라의 아들이냐 그 빛은 청초한 수미산 나리꽃

    정녕 지름길 섯드른 흰 옷 입은 고운 소년이

    흡사 그 바다에서 이 바다로 고요히 떨어지는 별살같이

    옆 산모롱이에 언뜻 나타나 앞골 시내로 사뿐 사라지심

승은 아까워 못견디는 양 희미해지는 꿈만 뒤쫓았으나
끝없는지라 돌여 밝는 날의 남모를 귀한 보람을 품었을 뿐
토끼랑 사슴만 뛰어 보여도 반드시 기려지는 사나이 지났었느니

고운 연(輦)*의 거동이 있음직한 맑고 트인 날 해는 기우는 제
승의 보람은 이루었느냐 가엾어라 미목 청수한 젊은 선비
앞 시냇물 모이는 새파란 소에 몸을 던지시니라

(불지암은 내금강 유적한 곳에 허물어져가는
고찰 두 젊은 승이 그의 스님을 뫼시고 있다)

* 연(輦) : 손수레 또는 가마

물 보면 흐르고

물 보면 흐르고
별 보면 또렷한
마음이 어이면 늙으뇨

흰 날에 한숨만
끝없이 떠돌든
시절이 가엾고 멀어라

안쓰러운 눈물에 안겨
흩은 잎 쌓인 곳에 빗방울 드듯
느낌은 후줄근히 흘러 흘러가건만

그 밤을 홀히 앉으면
무심코 야윈 볼도 만져보느니
시들고 못 피인 꽃 어서 떨어지거라

강선대(降仙臺) 돌바늘 끝에

강선대 돌바늘 끝에
하잔한 인간 하나
그는 버-ㄹ써
불타오르는 호수에 뛰어내려서
제 몸 살웠드라면 좋았을 인간

이제 몇 해뇨
그 황홀 맛나도 이 몸 선뜻 못 내던지고
그 찬란 보고도 노래는 영영 못 부른 채
젖어드는 물결과 싸우다 넘기고
시달린 마음이라 더러 눈물 맺었네

강선대 돌바늘 끝에 벌써
불살웠어야 좋았을 인간

사개* 틀린 고풍의 툇마루에

사개 틀린 고풍의 툇마루에 없는 듯이 앉아
아직 떠오를 기척도 없는 달을 기둘린다
아무런 생각 없이
아무런 뜻 없이

이제 저 감나무 그림자가
사뿐 한 치 씩 옮아오고
이 마루 위에 빛깔의 방석이
보시시 깔리우면

나는 내 하나인 외로운 벗
가냘픈 내 그림자와
말없이 몸짓 없이 서로 맞대고 있으려니
이 밤 옮기는 발짓이나 들려오리라

* 사개 : 상자 따위의 모퉁이를 끼워 맞추기 위하여 서로 맞물리는 끝을 들쭉날쭉
하게 파낸 부분, 또는 그런 짜임새

마당 앞 맑은 샘을

마당 앞
맑은 샘을 들여다본다

저 깊은 땅 밑에
사로잡힌 넋 있어
언제나 먼 하늘만
내어다 보고 계심 같아

별이 총총한
맑은 샘을 들여다본다

저 깊은 땅속에
편히 누운 넋 있어
이 밤 그 눈 반짝이고
그의 것 몸을 부르심 같아

마당 앞

맑은 샘은 내 영혼의 얼굴

황홀한 달빛

황홀한 달빛
바다는 은(銀)장
천지는 꿈인 양
이리 고요하다

부르면 내려올 듯
정뜬 달은
맑고 은은한 노래
울려날 듯

저 은장 위에
떨어진단들
달이야 설마
깨어질라고

떨어져 보라

저 달 어서 떨어져라

그 혼란스럽

아름다운 텬동* 지동*

호젓한 삼경(三更)

산 위에 홀히

꿈꾸는 바다

깨울 수 없다

* 텬동 : '천둥'의 옛말
* 지동 : 지진

두견

울어 피를 뱉고 뱉은 피는 도로 삼켜
평생을 원한과 슬픔에 지친 작은 새
너는 너른 세상에 설움을 피로 새기려 오고
네 눈물은 수천 세월을 끊임없이 흐려놓았다
여기는 먼 남쪽 땅 너 쫓겨 숨음직한 외딴 곳
달빛 너무도 황홀하여 호젓한 이 새벽을
송기한 네 울음 천길 바다 밑 고기를 놀내고
하늘갓 어린 별들 버르르 떨리겠고나

몇 해라 이 삼경에 빙빙 도-는 눈물을
씻지는 못하고 고인 그대로 흘리었느니
서럽고 외롭고 여윈 이 몸은
퍼붓는 네 술잔에 그만 지늘겼느니
무섬 정드는 이 새벽 가지 울리는 저승의 노래

저기 성 밑을 돌아나가는 죽음의 자랑 찬 소리여
달빛 오히려 마음어들 저 흰 등 흐느껴 가신다
오래 시들어 파리한 마음 마저 가고 지워라

비탄의 넋이 붉은 마음만 낯낯 시들피느니
짙은 봄 옥 속 춘향이 아니 죽었을나디야
옛날 왕궁을 나신 나이 어린 임금이
산골에 홀히 우시다 너를 따라 가셨드라니
고금도(古今島) 마주 보이는 남쪽 바닷가 한 많은 귀향길
천 리 망아지 얼렁 소리 쉔 듯 멈추고
선비 여윈 얼굴 푸른 물에 띄었을 제
네 한 된 울음 죽음을 흐려 불렀으리라

너 아니 울어도 이 세상 서럽고 쓰린 것을
이른 봄 수풀이 초록빛 들어 물 내음새 그윽하고
가는 대잎에 초생달 매달려 애틋한 밝은 어둠을
너 몹시 안타까워 포실거리며 훗훗 목메었느니
아니 울고는 하마 죽어 없으리 오! 불행의 넋이여
우지진 진달래 와직 지우는 이 삼경의 네 울음
희미한 줄산이 살폿 물러서고
조그만 시골이 홍청 깨어진다

(杜鵑)

청명

호르 호르르 호르르르 가을 아침
취어진 청명을 마시며 거닐면
수풀이 호르르 벌레가 호르르르
청명은 내 머릿속 가슴속을 젖어들어
발끝 손끝으로 새어나가나니

온 살결 터럭 끝은 모다 눈이요 입이라
나는 수풀의 정을 알 수 있고
벌레의 예지를 알 수 있다
그리하여 나도 이 아침 청명의
가장 곱지 못한 노래꾼이 된다

수풀과 벌레는 자고 깨인 어린애
밤새어 빨고도 이슬은 남았다
남았거든 나를 주라
나는 이 청명에도 주리나니
방에 문을 달고 벽을 향해 숨 쉬지 않았느뇨

햇발이 처음 쏟아와
청명은 갑자기 으리으리한 관(冠)을 쓴다
그때에 토록 하고 동백 한 알은 빠지나니
오! 그 빛남 그 고요함
간밤에 하늘을 쫓긴 별살의 흐름이 저러했다

온 소리의 앞 소리요
온 빛깔의 비롯이라
이 청명에 포근 축여진 내 마음
감각의 낯익은 고향을 찾았노라
평생 못 떠날 내 집을 들었노라

영랑시집

II

오월

들길은 마을에 들자 붉어지고
마을 골목은 들로 내려서자 푸르러졌다
바람은 넘실 천이랑 만이랑
이랑이랑 햇빛이 갈라지고
보리도 허리통이 부끄럽게 드러났다
꾀꼬리도 여태 혼자 날아 볼 줄 모르나니
암컷이라 쫓길 뿐
수놈이라 쫓을 뿐
황금빛 난 길이 어지럴 뿐
얇은 단장하고 아양 가득차 있는
산봉우리야 오늘 밤 너 어디로 가버리련?

호젓한 노래

그대 내 호젓한 노래를 들으실까
꽃은 가득 피고 벌 떼 잉잉거리고

그대 내 그늘 없는 소리를 들으실까
안개 자욱이 푸른 골을 다 덮었네

그대 내 홍 안 이는 노래를 들으실까
봄물결은 왜 이는지 출렁거리네

내 소리는 꿰벗어 봄철이 실타리
호젓한 소리 가다가는 쓸쓸한 소리

어슨* 달밤 빨간 동백꽃 쥐어 따서
마음씨냥 꽁꽁 주물러버리네

* 어슨 : 조금 어두운

연 I

내 어린 날!
어슬한 하늘에 뜬 연같이
바람에 깜박이는 연실같이
내 어린 날! 아슴푸레*하다

하늘은 파—랗고 끝없고
팽팽한 연실은 조매롭고
오! 흰 연 그 새에 높이
아실아실 떠놀다 내 어린 날!

바람 일어 끊어지던 날
엄마 아빠 부르고 울다
희끗희끗한 실낱이 서러워
아침 저녁 나무 밑에 울다

오! 내 어린 날 하얀 옷 입고
외로이 자랐다 하얀 넋 담고
조마조마 길가에 붉은 발자욱
자욱마다 눈길이 고이었었다

* 아슴푸레 : 빛이 약하거나 멀어서 조금 어둑하고 희미한 모양

수풀 아래 작은 샘

수풀 아래 작은 샘
언제나 흰 구름 떠가는 높은 하늘만 내어다보는
수풀 속의 맑은 샘
넓은 하늘의 수만 별을 그대로 총총 가슴에 박은 작은 샘
두레박이 쏟아져 동이 갓을 깨치는 찬란한 떼별의 흩는 소리
얽혀져 잠긴 구슬 손결이
웬 별나라 휘 흔들어버리어도 맑은 샘
해도 저물녘 그대 종종걸음 휜 듯 다녀갈 뿐 샘은 외로워도
그 밤 또 그대 날과 샘과 셋이 도른도른
무슨 그리 향그런 이야기 날을 새웠나
샘은 애끈한 젊은 꿈 이제도 그저 지녔으리
이 밤 내 혼자 내려가볼까나 내려가볼까나

놓친 마음

가을날 땅거미 아렴풋한 흐름 위를
고요히 실리우다 훤뜻 스러지는 것
잊은 봄 보랏빛의 낡은 내음이요
임의 사라진 천 리 밖의 산울림
오랜 세월 시닷긴 으스름한 파스텔

애닲은 듯한
좀 서러운 듯한
오! 모두 다 못 돌아오는
먼― 지난날의 놓친 마음

달맞이

빛깔 환히
동창에 떠오름을 기둘리신가
아흐레 어린 달이
부름도 없이 홀로 났네

월출동령(月出東嶺)
팔도 사람 다 맞이하소
기척 없이 따르는 마음
그대나 홀히 싸안아주오

발짓

거나한 낮의 소란 소리 풍겼는디

금시 퇴락하는 양

묵은 벽지의 내음 그윽하고

저쯤 예사 걸려 있을 희멀끔한 달

한 자락 펴진 구름도 못 말아놓는 바람이어니

묵근히 옮겨 딛는 밤의 검은 발짓만

고뇌인 넋을 짓밟누나

아! 몇 날을 더 몇 날을

뛰어본 다리 날아본 다리

허전한 풍경을 안고 고요히 선다

독(毒)을 차고

내 가슴에 독을 찬 지 오래로다
아직 아무도 해한 일 없는 새로 뽑은 독
벗은 그 무서운 독 그만 흩어버리라 한다
나는 그 독이 선뜻 벗도 해할지 모른다고 위협하고

독 안 차고 살아도 머지 않아 너 나 마주 가버리면
억만 세대가 그 뒤로 잠자코 흘러가고
나중에 땅덩이 모지라져 모래알이 될 것임을
'허무한디!' 독은 차서 무얼 하느냐고?

아! 내 세상에 태어났음을 원망않고 보낸
어느 하루가 있었던가 '허무한디!' 허나

앞뒤로 덤비는 이리 승냥이 바야흐로 내 마음을 노리매
내 산 채 짐승의 밥이 되어 찢기우고 할퀴우라 내맡긴 신세임을

나는 독을 차고 선선히 가리라

막음날 내 외로운 혼(魂) 건지기 위하여

연 II

좀평나무 높은 가지 끝에 얽힌 다아 해진 흰 실낱을 남은 몰라도
보름 전에 산을 넘어 멀리 가버린 내 연의 한 알 남긴 설움의 첫 씨
태어난 뒤 처음 높이 띄운 보람 맛본 보람
안 끊어졌다면 그럴 수 없지
찬 바람 쐬며 콧물 흘리며 그 겨울내 그 실낱 치어다 보러 다녔으리
내 인생이란 그때부터 벌써 시든 성싶어
철든 어른을 뽐내다가도 그 실낱 같은 병의 실마리
마음 한구석 도사리고 있어 얼씬거리면
아이고! 모르지
불다 자는 바람 타다 꺼진 불똥
아! 인생도 겨레도 다아 멀어지던구나

한 줌 흙

본시 평탄했을 마음 아니로다
굳이 톱질하여 산산 찢어놓았다

풍경이 눈을 흘리지 못하고
사랑이 생각을 흐리지 못한다

지쳐 원망도 않고 산다

대체 내 노래는 어디로 갔느냐
가장 거룩한 것 이 눈물만

아신 마음 끝내 못 빼앗고
주린 마음 그득 못 배불리고

어차피 몸도 괴로워졌다
바삐 관에 못을 다져라

아무려나 한 줌 흙이 되는구나

언 땅 한 길

언 땅 한 길 파도 파도
광이는 아프게 맞치더라
언—대로 묻어 두기 불쌍하기사
봄 되어 녹으면 울며 보채리

두 자 세 치를 눈이 덮여도
뿌리는 얼신 못 건드려
대 죽고 난 이 삼월(三月) 파르스름히
풀잎은 깔리네 깔리네

집

내 집 아니라
늬 집이라
날르다 얼른 돌아오라
처마 난간이
늬들 가여운 속삭임을 지음(知音)터라

내 집 아니라
늬 집이라
아배 간 뒤 머언 날
아들 손자 잠도 깨우리
문틈 사이 늬는 몇 대째 설워 우느뇨

내 집 아니라
늬 집이라
하늘 날던 은행잎이
좁은 마루 구석에 품인 듯 안겨든다
자고로 맑은 바람이 거기 살았니라

오! 내 집이라
열 해요 스무 해를
앉았다 누웠달 뿐
문밖에 바쁜 손(客)이
길 잘못 들어 날 찾아오고

손때 살내음도 저뤘을 난간이
흔히 나를 안고 한가하다
한두 쪽 흰 구름도 사라지는디
한두엇 저질러 논 부끄러운 짓
파아란 하늘처럼 아슴푸레하다

북

자네 소리하게 내 북을 잡지

진양조 중머리 중중머리
엇머리 잦아지다 휘몰아보아

이렇게 숨결이 꼭 맞아서만 이룬 일이란
인생에 흔치 않아 어려운 일 시원한 일

소리를 떠나서야 북은 오직 가죽일 뿐
헛 때리면 만갑이도 숨을 고쳐 쉴밖에

장단을 친다는 말이 모자라오
연창(演唱)을 살리는 반주쯤은 지나고
북은 오히려 컨덕터요

떠받는 명고(名鼓)인디 잔가락을 온통 잊으오
떡 궁──동중정(動中靜)이오 소란 속에 고요 있어
인생이 가을같이 익어가오

자네 소리하게 내 북을 치지

묘비명

생전에 이다지 외로운 사람
어이해 뫼 아래 비(碑)돌 세우오
초조론 길손의 한숨이라도
헤어진 고총에 자주 떠오리
날마다 외롭다 가고 말 사람
그래도 뫼 아래 비돌 세우리
'외롭건 내 곁에 쉬시다 가라'
한 되는 한 마디 삭이실난가

오월 아침

비 개인 오월 아침
혼란스런 꾀꼬리 소리
찬엄(燦嚴)한 햇살 퍼져 오릅내다

이슬비 새벽을 적시울 즈음
두견의 가슴 찢는 소리 피 어린 흐느낌
한 그릇 옛날 향훈(香薰)이 어찌
이 맘 흥근 안 젖었으리오만은
이 아침 새 빛에 하늘대는 어린 속잎들 저리 부드러웁고
그 보금자리에 찌찌찌 소리 내는 잘새의 발목은 포실거리어
접힌 마음 구긴 생각 이제 다 어루만져졌나 보오

꾀꼬리는 다시 창공을 흔드오

자랑 찬 새 하늘을 사치스레 만드오

사향(麝香) 냄새도 잊어버렸대서야

불혹이 자랑이 아니 되오

아침 꾀꼬리에 안 불리는 혼이야

새벽 두견이 못 잡는 마음이야

한낮이 정익(靜謐)하단들 또 무얼 하오

저 꾀꼬리 무던히 소년인가 보오

새벽 두견이야 오―랜 중년이고

내사 불혹을 자랑턴 사람

망각

걷던 걸음 멈추고 서서도 얼컥 생각키는 것 죽음이로다
그 죽음이사 서른 살 적에 벌써 다 잊어버리고 살아왔는데
웬 노릇인지 요즘 자꾸 그 죽음 바로 닥쳐 온 듯만 싶어져
항용 주춤 서서 행길을 호기로이 달리는 행상(行喪)을 보랐고 있
느니

내 가버린 뒤도 세월이야 그대로 흐르고 흘러가면 그뿐이오라
나를 안아 기르던 산천도 만년 한양 그 모습 아름다워라
영영 가버린 날과 이 세상 아무 가릴 것 없으며
다시 찾고 부를 인들 있으랴 억만 영겁이 아득할 뿐

산천이 아름다워도 노래가 고왔더래도 사랑과 예술이 쓰고 달콤
하여도

그저 허무한 노릇이어라, 모든 산다는 것 다 허무하오라

짧은 그 동안이 행복했던들 참다웠던들 무어 얼마나 다를라더냐

다 마찬가지 아니 남만 나을러냐? 다 허무하오라

그 날 빛나던 두 눈 딱 감기어 명상한대도 눈물은 흐르고 허덕이

다 숨 다 지면 가는 거지야

더구나 총칼 사이 헤매다 죽는 태어난 비운의 겨레이어든

죽음이 무서웁다 새삼스레 뉘 비겁할소냐만은 비겁할소냐만은

죽는다 ─고만이라─ 이 허망한 생각 내 마음을 왜 꼭 붙잡고 놓

질 않느냐

망각하자 ─ 해 본다 지난 날을 아니라 닥쳐오는 내 죽음을
아! 죽음도 망각할 수 있는 것이라면
허나 어디 죽음이사 망각해질 수 있는 것이냐
길고 먼 세기는 그 죽음 다 망각하였지만

행군

북으로 북으로
울고 간다 기러기

남방 대숲 밑을
뉘 후여 날렸느뇨

낄르르 낄르
차운 어슨 달밤

먼 하늘 스미지 못해
처량한 행군

낄르! 가녈프게 멀다
하늘은 목 매인 소리도 낸다

겨레의 새해

해는 저물 적마다 그가 저지른 모든 일을 잊음의 큰 바다로 흘려
보내지만

우리는 새해를 오직 보람으로 다시 맞이한다

멀리 사천이백팔십일 년

흰 뫼에 흰 눈이 쌓인 그대로

겨레는 한결같이 늘고 커지도다

일어나고 없어지고 온갖 살림은

구태여 캐내어 따질 것 없이

긴긴 반만년 통틀어 오롯했다

사십 년 치욕은 한바탕 험한 꿈

사 년 쓰린 생각 아즉도 눈물이 돼

이 아침 이 가슴 정말 뻐근하거니

나라가 처음 만방 평화의 큰 기둥되고

백성이 인류 위해 큰 일을 맡음이라

긴 반만년 합쳐서 한 해로다

새해 처음 맞는 겨레의 새해

미진한 대업 이루리라 거칠 것 없이 닫는 새해

이 첫날 겨레는 손 맞잡고 노래한다

천 리를 올라온다

천 리를 올라온다
또 천 리를 올라들 온다
나귀 얼렁 소리 닫는 말굽 소리
청운의 큰 뜻은 모여들다 모여들다

남산 북악 갈래갈래 뻗은 골짜기
엷은 안개 그 밑에 묵은 이끼와 푸른 송백
낭랑히 울려 나는 청의동자(靑衣童子)의 글 외는 소리
나라가 덩그러니 이룩해지다

인경이 울어 팔문이 굳게 닫히어도
난신외구(亂臣外寇)더러 성을 넘고 불을 놓다
퇴락한 금석전각 이젠 차라리 겨레의 향그런 재화로다
찬란한 파고다여 우리 그대 앞에 진정 고개 숙인다

철마가 터지던 날 노들 무쇠다리
신기한 먼 나라를 사뿐히 옮겨다놓았다
서울! 이 나라의 화사한 아침저자더라
겨레의 새 봄바람에 어리둥절 실행한 숫처녀들 없었을 거냐

남산에 올라 북한 관악을 두루 바라다보아도
정녕코 산(山) 정기로 태어난 우리들이라
우뚝 솟은 뫼뿌리마다 고물고물 골짜기마다
내 모습 내 마음 두견이 울고 두견이 피고

높은 재 얕은 골 흔들리는 실마리 길
그윽하고 너그럽고 잔잔하고 산듯하지
백마 호통 소리 나는 날이면
황금 꾀꼬리 희비 교향(交響)을 아뢰니라

바다로 가자

바다로 가자 큰 바다로 가자
우리 인제 큰 하늘과 넓은 바다를 마음대로 가졌노라
하늘이 바다요 바다가 하늘이라
바다 하늘 모두 다 가졌노라
옳다 그리하여 가슴이 뻐근치야
우리 모두 다 가자구나 큰 바다로 가자구나

우리는 바다 없이 살았지야 숨 막히고 살았지야
그리하여 조여 들고 울고불고 하였지야
바다 없는 항구 속에 사로잡힌 몸은
살이 터져나고 뼈 퉁겨나고 넋이 흩어지고
하마터면 아주 거꾸러져버릴 것을
오! 바다가 터지도다 큰 바다가 터지도다

쪽배 타면 제주야 가고 오고
독목선(獨木船) 왜섬이사 갔다 왔지
허나 그게 바달러냐
건너뛰는 실개천이라
우리 삼 년 걸려도 큰 배를 짓잤구나
큰 바다 넓은 하늘을 우리는 가졌노라

우리 큰 배 타고 떠나가자구나
창랑을 헤치고 태풍을 걷어차고
하늘과 맞닿은 저 수평선 뚫으리라
큰 호통하고 떠나가자구나
바다 없는 항구에 사로잡힌 마음들아
툭 털고 일어서자 바다가 네 집이라

우리들 사슬 벗은 넋이로다 풀어놓인 겨레로다
가슴엔 잔뜩 별을 안으렴아
손에 잡히는 엄마별 아기별
머리 위엔 그득 보배를 이고 오렴
발 아래 좍 깔린 산호요 진주라
바다로 가자 우리 큰 바다로 가자

춘향

큰 칼 쓰고 옥에 든 춘향이는
제 마음이 그리도 독했던가 놀래었다
성문이 부서져도 이 악물고
사또를 노려보던 교만한 눈
그 옛날 성학사 박팽년이
불지짐에도 태연하였음을 알았었니라
오! 일편단심

원통코 독한 마음 잠과 꿈을 이뤘으랴
옥방 첫날밤은 길고도 무서워라
설움이 사무치고 지쳐 쓰러지면
남강의 외론 혼을 불리어 나왔느니
논개! 어린 춘향을 꼭 안아
밤새워 마음과 살을 어루만지다
오! 일편단심

사랑이 무엇이기
정절이 무엇이기
그 때문에 꽃의 춘향 그만 옥사한단 말가
지네 구렁이 같은 변학도의
흉측한 얼굴에 까무러쳐도
어린 가슴 달콤히 지켜주는 도련님 생각
오! 일편단심

상하고 멍든 자리 마디마디 문지르며
눈물은 타고 남은 간을 젖어내렸다
버들잎이 창살에 선뜻 스치는 날도
도련님 말방울 소리는 아니 들렸다
삼경을 새우다가 그는 고만 단장(斷腸)하다
두견이 울어 두견이 울어 남원 고을도 깨어지고
오! 일편단심

우감(偶感)

우렁찬 소리 한마디 안 그리운가
내 비위에 꼭 맞는 그 한마디!
입에 돌고 귀에 아직 우는구나

사십 갓 찬 나이, 내 일찍 나서 좋다
창자가 짤리는 설움도 맛봐서 좋다
간 쓸개가 가까스로 남았거늘

아버지도 싫다 너무 이른 때 나셨다
아들도 싫다 너무 지나서 나왔다
내 나이 알맞다 가장 서럽게 자랐다

행복을 찾노라 모두들 환장한다
제 혼자 때문만 아니라는구나
주제 넘게 남의 행복까지!
갖다 부처님께 바쳐라 앓는 마누라나 달래라

봄 되면 우렁찬 소리 여기저기 나는 듯해 자지러지다가도
　거저 되살아날 듯 싶다만 내 보금자리는 하냥 서런 행복이 가득
차 있다

새벽의 처형장

새벽의 처형장에서는 서리 찬 마(魔)의 숨길이 휙휙 살을 에웁
니다

탕탕 탕탕탕 퍽퍽 쓰러집니다

모두가 씩씩한 맑은 눈을 가진 젊은이들 낳기 전에 임을 빼앗긴 태
극기를 도루 찾아 삼 년을 휘두르며 바른 길을 앞서 걷던 젊은이들

탕탕탕 탕탕 자꾸 쓰러집니다

연유 모를 떼죽음 원통한 떼죽음

마즈막 숨이 다 저질 때에도 못 잊는 것은

하현 찬 달 아래 종고산 머리 나르는 태극기

오…… 망해 가는 조국의 모습

눈이 차마 감겨졌을까요

어느 날 어느 때고

어느 날 어느 때고
잘 가기 위하여
평안히 가기 위하여

몸이 비록
아프고 지칠지라도
마음 평안히
가기 위하여
일만 정성
모두어 보리

덧없이 봄은 살같이 떠나고
중년은 하 외로워도
이 허무에선 떠나야 될 것을

살이 삭삭
여미고 썰릴지라도

마음 평안히
가기 위하여

아! 이것
평생을 닦는 좁은 길

보아요 저 흘러내리는 싸늘한 피의 줄기를
피를 흠뻑 마신 그 해가 일곱 번 다시 뜨도록
비 내리는 죽음의 거리를 휩쓸고 숨 다 졌나니
처형이 잠시 쉬는 그 새벽마다
피를 씻는 물차 눈물을 퍼부어도 퍼부어도
보아요 저 흘러내리는 생혈(生血)의 싸늘한 핏줄기를

못 오실 님이

못 오실 님이 그리웁기로
흩어진 꽃잎이 슬프랬던가
빈 손 쥐고 오신 봄이 그저 다 가시련만
흘러가는 눈물이면 님의 마음 저지련만

거문고

검은 벽에 기대선 채로
해가 스무 번 바뀌었는데
내 기린(麒麟)은 영영 울지를 못한다

그 가슴을 퉁 흔들고 간 노인의 손
지금 어느 끝없는 향연에 높이 앉았으려니
땅 위의 외론 기린이야 하마 잊어졌을라

바깥은 거친 들 이리 떼만 몰려다니고
사람인 양 꾸민 잔나비 떼들 쏘다니어
내 기린은 맘 둘 곳 몸 둘 곳 없어지다

문 아주 굳이 닫고 벽에 기대선 채
해가 또 한 번 바뀌거늘
이 밤도 내 기린은 맘 놓고 울들 못 한다

가야금

북으로
북으로
울고 간다 기러기

남방의
대숲 밑
뉘 휘여 날렸느뇨

앞서고 뒤섰다
어지럴 리 없으나

가냘픈 실오라기
네 목숨이 조매로아

강물

잠자리가 설워서 일어났소
꿈이 고웁지 못해 눈을 떴소

베개에 차단히 눈물은 젖었는디
흐르다 못해 한 방울 애끈히 고이였소

꿈에 본 강물이라 몹시 보고 싶었소
무럭무럭 김오르며 내리는 강물

어덕을 혼자서 거니노라니
물오리 갈매기도 끼룩끼룩

강물은 철철 흘러가면서
아심찮이 그 꿈도 떠싣고 갔소

꿈이 아닌 생시 가진 설움도
자꾸 강물은 떠싣고 갔소

  김영랑(永郎)의 본명은 김윤식으로 1903년 전남 강진군에서 아버지 김종호와 어머니 김경무의 장남으로 태어났다. 1915년 3월 강진보통학교를 졸업하고 이듬해 상경하여 기독청년회관에서 영어를 공부한 후 이듬해 휘문보통고등학교에 진학했다. 김영랑은 휘문보통고등학교 재학시절인 1919년 3월 1일 기미독립운동이 일어나자, 자신의 구두 안창에 독립선언문을 숨겨 넣고 강진에 내려와 독립운동을 주도하다가 일본 경찰에 체포되어 대구형무소에서 6개월간 옥고를 치렀다. 이후 김영랑은 1920년 일본의 청산학원에서 공부하며 박용철 등과 교류했다. 그러다 1923년에 관동 대지진으로 학업을 중단하고 귀국하여 시작(詩作) 활동에 몰두했다.

  김영랑은 1930년 3월 창간한《시문학》을 중심으로 박용철, 정지용, 이하윤, 정인보, 변영로, 김현구, 신석정, 허보 등 여러 시인과 더불어 아호인 영랑(永郎)으로 작품 활동을 했다. 시〈동백잎에 빛나는 마음〉〈어덕에 바로 누워〉 등 여러 시편을 발표했고, 1934년 4월《문학》제3호에〈모란이 피기까지는〉을 발표했다.

  이듬해인 1935년에 첫 번째 시집인《영랑시집(永郎詩集)》을 시문학사에서 간행했다. 《영랑시집》에는 총 53편의 시가 실려 있으며, 각각의 시가 처음 발표되었을 때의 제목을 쓰지 않고 일련번호를 붙여 시집에 실었다. 시집에는 1930년에서부터 1935년 11월까지 쓴 작품들을 수록했다. 특히 53편 가운데 문예지에 발표하지 않은 작품 〈뉘 눈길에 쏘이었소〉 〈바람이 부는 대로〉 〈눈물에 실려 가면〉 등 17편을 함께 수록했는데, 이 작품들의 제목은 《영랑시선(永郎詩選)》에 수록하면서 붙였다고 전해진다. 《영랑시집》에는 유미주의를 바탕으로 한 섬세하고 순수한 감각의 시어들이 가득하다. 당시 정치 성향을 띤 시들이 주류를 이룬 것에 반하여, 이 책에서는 사상과 이념을 배제하고 순수 서정시를 지향한 시문학파적 성향이 주축을 이루고 있다. 특히 〈모란이 피기까지는〉에서 이런 서정시의 특징이 두드러진다. 또한 방언과 조어를 사용하면서 4행을 한 연으로 하는 형태 의식을 취하며 순수시의 새로운 유형을 선보였다. 이후 김영랑은 1949년에 중앙문화사에서 《영랑시선》으로 순수시의 지평을 다졌다.

1940년을 전후하여 발표한 〈거문고〉 〈독(毒)을 차고〉 〈망각〉 〈묘비명〉 등의 후기 시에서는 이전과는 달리 인생에 대한 깊은 회의와 '죽음'의 의식을 드러냈다. 또한 8·15 광복 이후에 발표한 〈바다로 가자〉 〈천 리를 올라온다〉 등에서는 적극적인 사회참여의 의지를 보여줬다. 김영랑은 광복 이후 작품 활동에 있어 제한된 공간의식과 강박관념을 탈피하며 죽음에 대한 주제의식에서 벗어났다.

김영랑은 조국 해방이 이루어질 때까지 창씨개명과 신사참배 및 삭발령을 거부했으며, 광복 후 신생 정부에 참여해 당시 중앙행정 부인 공보처의 출판국장으로 일했다. 1950년 한국전쟁 때 부상을 당해 9월 서울에 위치한 자택에서 47세를 일기로 타계했다. 현재 묘지는 서울 망우리에 있다.

어두운 시대 상황 속에서 어떠한 제한에도 구애받지 않는 순수 한 시 세계를 선보인 김영랑은 새로운 조어(造語)와 전라도 지역의 방언을 활용하여 자신만의 독특한 시 세계를 구축했고, 정지용과 더불어 서정시의 대표 시인으로 손꼽히고 있다.

1903년 전남 강진군에서 태어났다. 본명은 김윤식으로 아호는 영랑(永郎)이다.

1915년 강진보통학교를 졸업했다.

1916년 기독청년회관에서 영어를 공부한 후 이듬해 휘문보통고등학교에 입학했다.

1919년 강진에서 독립운동을 주도하다가 체포되어 대구형무소에 수감됐다.

1920년 일본 청산학원에서 공부했다. 이때 박용철을 만나 교류했다.

1923년   관동 대지진으로 학업을 중단하고 귀국해 본격적인 시작(詩作) 활동을 했다.

1930년 《시문학》을 중심으로 박용철, 정지용 등 여러 시인과 시문학파로 활동했다. 시 〈동백잎에 빛나는 마음〉〈어덕에 바로 누워〉 등 여러 시편을 발표했다.

1931년 〈내 마음을 아실 이〉〈밤사람 그립고야〉〈눈물 속 빛나는 보람과〉〈빈 포케트에 손 찌르고〉〈바람에 나부끼는 깔잎〉〈쁠은 가슴을 훤히 벗고〉〈시냇물 소리〉를 《시문학》에 발표했다.

1934년 〈그밖에 더 아실 이〉〈밤이면 고총 아래〉〈저 곡조만 마저〉 등을 《문학》 2호에 발표했다. 이후 《문학》 제3호에 〈모란이 피기까지는〉을 발표했다.

1935년 박용철의 도움을 받아 첫 번째 시집 《영랑시집》을 시문학사에서 간행했다. 《영랑시집》에 김영랑의 대표작인 〈모란이 피기까지는〉〈돌담에 소색이는 햇발같이〉 등이 수록됐다.

1939년 〈거문고〉〈가야금〉을 《조광》에 발표했고 〈연 I 〉을 《여성》에 발표했다. 같은 해에 〈오월〉〈독(毒)을 차고〉를 《문장》에 발표했다.

1940년 〈한 줌 흙〉〈한길에 누워〉〈우감(偶感)〉을 《조광》에, 〈강물〉〈호젓한 노래〉를 《여성》에 발표했다. 같은 해에 〈춘향〉을 《문장》에, 〈집〉을 《인문평론》에 발표했다.

1946년 〈북〉을 《동아일보》에 발표했다.

1947년 〈바다로 가자〉를 《민중일보》에 발표했다.

1948년 《동아일보》에 〈새벽의 처형장〉〈절망〉을 발표했다.

1949년 중앙문화사에서 두 번째 시집 《영랑시선》을 출간했다. 《영랑시선》에는 〈수풀 아래 작은 샘〉〈언 땅 한 길〉 등이 수록됐다. 또한 〈감격 8·15〉를 서울신문에 발표하고 〈오월 아침〉〈행군〉〈연 II 〉〈망각〉〈발짓〉 등을 발표했다. 광복 이전까지 창씨개명과 신사참배 및 삭발령을 거부했고 광복 후에는 당시 중앙행정부인 공보처의 출판국장으로 일했다.

1950년 한국전쟁 때 부상을 당해 서울에 위치한 자택에서 47세로 사망했다. 현재 묘지는 서울 망우리에 있다.

초판본 영랑시집

초판 1쇄 펴낸 날 2021년 4월 30일

지 은 이   김영랑
펴 낸 이   장영재
펴 낸 곳   (주)미르북컴퍼니
자 회 사   더스토리
전   화   02)3141-4421
팩   스   0505-333-4428
등   록   2012년 3월 16일(제313-2012-81호)
주   소   서울시 마포구 성미산로32길 12, 2층 (우 03983)
E-mail   sanhonjinju@naver.com
카   페   cafe.naver.com/mirbookcompany

* (주)미르북컴퍼니는 독자 여러분의 의견에 항상 귀 기울이고 있습니다.
* 파본은 책을 구입하신 서점에서 교환해 드립니다.
* 책값은 뒤표지에 있습니다.